Reimer Bull

Över' n Weg lopen

Geschichten ut de Lüttstadt

Quickborn-Verlag

Die plattdeutsche Schreibweise
ist unverändert vom Autor übernommen worden.

8. Auflage 2003

ISBN 3-87651-115-1

Umschlagzeichnung: Kurt Schmischke
Gesamtherstellung: Clausen & Bosse, Leck
Printed in Germany

Reimer Bull · Över'n Weg lopen

Dat Leven löppt so gau. Wat jüst noch weer, is nu al vörbi. Denn fangt wi dat Vertellen an: Weeßt dat noch? As wi lütt weern un op de Straat vör't Huus spelen? Wenn't Sünndag weer, dössen wi nich över dat Geharkte lopen, denn to Sünndag worr vör de Hüüs harkt. Keen nich harken dee, de dögg ok nix. Un merrn in de Stadt, wo se nich harken kunnen, dor feudeln se de Trittsteens vör de Dören.

Un weeßt noch? Opa Piel, de lütt Ooltbuur vun Visavis? Wenn wi doch över sien Geharksch jogen, denn stoov he ut de Döör un bölk as unklook: »Ji Swienegels! Wüllt ji wull vun mien Geharksch daal!« He fuchel mit de Hark achter uns her, man wi neihn ut, bleven twintig Schreed wiederlang stahn un grölen: »Opa Piel weiß nicht viel, und was er weiß, ist auch noch Scheiß!«

Un weeßt noch den enen Sünndag? Do keem nüms ut de Döör, as wi över Opa Piel sien Geharksch lopen weern. Do weer he in de Nacht dootbleven. As he beerdigt worr, hett sien Fruu harkt. Wi stunnen achter de Gardienen. De Navers drogen den Sarg ut dat Huus un schoven em op den swatten Liekenwagen. Hannes, de Kutscher, de sunst jümmer luud ›Hüh!‹ reep, de tick de Peer man even mit de Pietsch. Do trocken se an un fohren Opa Piel ut uns Straat. Sien Geharksch aver leeg noch veel Daag so vör't Huus, as wenn he dor jüst bi ween weer.

In uns Geschichten wohrt wi dat Leven op. Weeßt dat noch, wat di över'n Weg lopen, wat di dör'n Kopp gahn is? Amenn sünd dor Geschichten mank, so'n as de, de ik nu vertellen will. Geschichten vun Tante Frieda, de narms keem un liekers allens wuß; vun Frollein Alberts, de keenen Mann afkreeg, un Tante Tine, de sik versapen hett; vun de ole Fru, de sik inwendig freu, un Greten, de jümmer see: Wat schüllt dor de Lüüd vun denken?

Geschichten ut de Lüttstadt, denn ik bün in de Lüttstadt groot worrn. Dor is dat Leven schöön un swoor. Wat schöön is, du hest Navers, de du kennen deist, kannst gau mal övern Tuun snacken. Du weeßt, Hannes is krank, gah man mal lang, snack en Reeg mit em. Dat is allens schöön. Swoor is dat aver liekers. Se hebbt di ok all op'n Kieker. Dat heff ik al as lütte Jung mitkregen, bi mien Oma in de Stuuv.

*

Solang as ik mi besinnen kann, kenn ik mien Oma as en lütte, dicke Fruu in swatte Kleeder, de gungen ehr bit op de Fööt daal. Meisttiets seet se achter de Gardien un keek rut. Man nich, dat se de Gardien optrocken harr, sowat hööör sik nich. Wenn en al neeschierig is, denn dött en dat nich marken. Oma harr'n Spion för't Fenster, dor harr se allens mit in't Viseer. Stunnenlang kunn se sitten, kieken un nix seggen. Ik möök mien Schoolarbeiden. Weer nix to hören as de ole Standklock. All Viddelstunn dunner dat Ding los. Man denn schoot ik in' Dutt. Oma harr wat seggt: »Nu löppt Alma Meier hüüt al dat drüttemal na de Stadt! Weet de Fruu nich, wat se will?« Liekers ik noch lütt weer, dat kreeg ik foorts mit: Oma harr Alma Meier en Etikett opbackt. ›Slutterkraam‹ stunn dor op, wat en örntliche Huusfruu is, de maakt sik en Zeddel un löppt man eenmal.

För so'n Spion mußt di wohren. Wenn wi an Emma Witt ehr Fenster vörbigungen, stött mien Mudder mi in't Krüüz un see: »Gah manierli! Tante Emma kickt.«

»Ik kann ehr nich sehn«, see ik.

»Aver se di«, anter Mudder un gung de teihn Schreed an Emma ehren Spion recht wat stiever lang as vördem. Denn see se:

»So, nu kannst wedder dammeln.«

Do harrn wi den Spion un de ›soziale Kontrolle‹ achter uns.

Man Oma wuß ok ohn Spion, wat in de Stadt passeer. Ik weer en junge Mann un studeer in Hamborg, do harr ik en Deern, dat weer en ganze Vergnöögte. Mal besoch se mi in uns Lüttstadt. Se keem mit'n Bus, de heel merrn op'n Marktplatz. As se utsteeg, full se mi um' Hals un drück mi een op. So freu se sik.

Den annern Dag keek ik bi Oma in. Se seet as jümmer achter de Gardien.

»Du hest Besöök hatt?« see se.

Ik weer verbaast, wi weern je gor nich bi Oma ween.

»Is sowat Mood in Hamborg? Merrn op'n Marktplatz? An hellichten Dag? Hier höört sik dat nich. Dat segg ehr man!«

Süh, do harrn wi uns Etikett vun Oma weg: ›Verwahrlosung‹. Un denn se Oma noch:

»Worüm hest du ehr nich vörstellt? Harrst Bang, ik much ehr nich lieden?«

»Dat nich, Oma«, see ik, »man wi harrn so wenig Tiet, de wulln wi för uns hebben.«

»Dat hölp di nix, mien Jung«, see Oma, »se mutt je ok to uns passen.«

Dat weer dat tweet Etikett: Keen nich passen deit, kummt ok nich rin.

Mal hett dat beter to Oma paßt. Ik weer to Danz und kreeg Arger mit een vun mien' Kollegen, de harr sik op den Stohl blangen mien Deern sett. Ik see:

»Dat is mien Platz.«

»Mag ween«, see he, »aver nu sitt ik dor.«

»Do mi den Gefallen, Hinnerk«, see ik, »maak den Platz frie, dat weer mien.«

»Dor hest du recht in«, see he, »dat weer dien.«

Wat schull ik maken, mi bleev nix anners na, ik trock em den Stohl ünnern Achtersten weg, sett mi daal un see:

»Mi dücht, du mußt di'n annern Platz söken.«

Wat nu passeer, kann en sik je denken. He af, na twee Minuten keemen sien ›Sekundanten‹. Un de harrn sik ganz wat Feinet utdacht, de seen nich: ›Kumm rut! Hinnerk töövt op di!‹ De seen:

»Laat di ruhig Tiet un maak di noch'n vergnögten Avend. Wi luurt, bit du ferdig büst.« Sowat speelt sik jümmer in Weertshüüs af, de heet ›Zur Gemütlichkeit‹ oder ›Harmonie‹.

Wi hebbt uns haut, un ik kreeg fix een op de Nüff. Den annern Morgen harr ik twee blaue Ogen. De Tiet sleep ik bi Oma. As se mi wecken dee, bleev ik leggen, se schull de Veilchen nich foorts wies warrn.

»Wat is los?« fröög se. »Wullt du nich opstahn?«

»Oma«, see ik, mit dat Gesicht na de Wand, »ik nehm an, dat warrt di nich gefallen, so as ik utseeh g.« Un dreih mi denn je doch üm. Man Oma reageer heel anners, as ik mi dat vermoden ween weer. Se see bloots:

»Fangst du nu ok mit densülvigen Schiet an as dien Opa fröher?«

Dütmal harr ik dat richtige Etikett faatkregen, tominnst för Oma: Wat'n Mann warrn will, de mutt sik ok mal haun.

Oma snack nich geern, un eerst recht nich över dat, wat in ehr vörgung. Mal do harrn mien Broder un ik en Kalenner för ehr bastelt. Dat weer mehr so'n Brett, wo de Kalenner an fastklemmt worr. Wi harrn dor'n hele Tiet an seten, harrn dat Reh un de Tannen utsaagt un allens fein anmaalt. Dat schull Oma to Wiehnachten hebben. Wi kunnen de Tiet nich aftöven, bit dat Hilligavend weer. Wi wullen je so geern weten, wat Oma to unsen Kalenner seggen worr.

»Dat is för di, Oma«, seen wi, as dat endli sowiet weer. »Pack dat man foorts ut, aver du mußt heel vörsichtig ween, anners geiht dat twei.«

Oma wickel dat Papier af, heel den Kalenner in de Hand un see: »Danke.«

Mien Broder un ik keken uns an, as harr se nix seggt.

»Kannst du de Jungs nich seggen, dat du di freust?« see do mien Mudder.

»Ik freu mi je«, see Oma.

»Denn wies ehr dat doch! Du sittst dor un seggst keenen Toon!«

»Ik heff je Danke seggt.«

»Dor köönt de Jungs nich veel mit anfangen. De hebbt de hele Week dor an klütert.«

Do worr Oma argerli: »Deern, tier di nich so mit dien Jungs. Ik freu mi, dor mutt en je doch keen Weeswark vun maken!«

Oma hett dat nich böös meent, se kenn dat nich anners. Wi hebbt dacht, se mach dat Geschenk nich lieden un will dat nich seggen. Mudder wull uns neuß verkloren, dat'n sik op twee Oorten freuen kann, mehr na buten un mehr na binnen. Oma, see se, freu sik mehr op de tweet Oort, se freu sik inwendig. Liekers hebbt wi nienich mehr wat för uns Oma klütert. Mudder hett uns jümmer wat in de Hannen drückt un hett seggt: Dat harr de Wiehnachtsmann för Oma afgeven, un wi schullen ehr dat schenken. Dat hebbt wi denn ok doon, man dat weer mehr so'n Överreichen, keen richtig Schenken. Un Oma see ›Danke‹. Wat se sik inwendig dorto freut hett, dat weet ik nich. Mag ok ween, se hett dor op luurt, dat wi ehr noch eenmal wat schenken deen, so richtig schenken, un dat se denn wat mehr seggen wull. Man denn mutt se dor inwendig op luurt hebben, markt hett dat keeneen.

Oma is en ool Fruu worrn. Acht Daag, ehrer ik heiraden dee, bleev se doot. Opletzt see se to mien Mudder: »Maak dor man keen Weeswark vun. Ik bün en ole Fruu, laat de Kinner man heiraden. De Lüüd sünd bestellt, dat Eten, de Kroog. Laat dat man allens so, as jüm sik dat utdacht hebbt.«

Oma wull den Zeddel nicht dörenanner bringen.

Der Mensch«, see Frollein Alberts, »muß in Harmonie mit sich selber leben.« Un dat schull soveel heten as: Wat de Minsch föhlen, denken un sik ünnernehmen deit, dat mutt allens fein tohoop passen, anners hett he de Harmonie nich, vun de Frollein Alberts soveel holen dee. Se sülm, vertell se, harr dor lang to bruukt, to de dore Harmonie, aver nu harr se ehr, se föhl sik op un daal harmonisch, dat Frollein Alberts, wat unse Religionslehrerin weer un al över süßtig Johr oolt. Liekers mussen wi ›Frollein‹ to ehr seggen, denn se harr nu maal keenen Mann afkregen, sodennig stunn ehr de ›Fru‹ nich to, as se see. Dorför harr se aver de Harmonie, see se, un mennigeen Fru harr de nich. Wat se dormit seggen wull, hebbt wi domaals nich begriepen kunnt, dor weern wi to lütt to. Man dat wat mit Frollein Alberts ehr Harmonie nich stimmen kunn, dat heff ik faken dacht un eerst recht an den Dag, as ik mit dat Jackett un den Slips ut Amerika in de Religionsstünn keem. Do gung ehr Harmonie in de Grütt.

Dat weer 1945. De Krieg weer to Enn. Nüms harr wat, man wi harrn Glück: en Tante in Amerika. Tante Emily, de schick Paketen mit Kaffee, Zigaretten un allens, wat en bruken kunn. De Zigaretten gungen foorts weg för Tuschen, man an den Kaffee leet uns Mudder nüms ran, den hööd se, as wenn't sunstwat weer. Wenn se mal nich wieder wüß, keen Melk, keen Fleesch un keen Köhlen för de Warms opdrieven kunn, denn gung se in de Köök, möök de Döör achter sik to, sett den Waterketel op un kook en Tass Kaffee, echten Kaffee. Man een Tass, keeneen mehr. Nüms döss ehr stören. Wenn se denn rutkeem, see se: »So, nu kann't wiedergahn!«

Un denn keem dat dore Paket mit dat Jackett un den Slips. Bavenop leeg en Zeddel: Dat schull för mi ween; all Jungs in Amerika drogen so'n Jackett un harrn ehrn Spooß an so'n Oort Slipsen. Ik schull dat man nu ok antrecken, denn ik weer je doch al en junge Mann mit mien veerteihn Johr.

Jung, wat heff ik mi freut, as wi dat lesen deen, liekers ik dat Jackett noch gor nich anprobeert un den Slips nich sehn harr. To'n eerstenmal na lange Johren schull ik niet Tüüg kriegen. Wi kregen dat Jackett rut, un ik trock dat an. De Schullern weern dubbelt so breet as ik, un in de Läng reck mi dat meist bit in de Kneekehlen. Tante Emily hett Mudder ehr Gesicht wull vörutsehn hatt. Se schreev: My dear, schreev se, ok wenn du moden büst, dat Ding is to groot, dat höört so. Dat is en V-Jackett. Maybe it looks crazy, but the kids like it just this way. Un dat schull heten: Liekers dat Jackett överkandidelt utsehn dee, de jungen Lüüd muchen jüst dat lieden.

»Tscha, wenn dat Mood is, denn is dat Mood«, see mien Mudder, »dat is lang her, dat wi mit de Mood gahn kunnen.« Man denn keem de Slips. Ik finger dat Ding ut dat Paket un rull dat op. Mien eerste Slips. Ik keek Mudder an, de starr op den Slips. Sowat harrn wi noch nich sehn.

»Magst dat lieden?« fröög ik.

»Ik weet nich«, see Mudder, »'n beeten ungewohnt ist dat je.«

Op den doren Slips weer en ganzet Bild maalt: Palmen, Swimmingpool un en Sprungtoorn. Allens in de grellsten Farven, de en sik denken kann. Un vun den Toorn sprung jüst en junge Deern koppöver in't Water. Dat weer en ganze Smucke mit lange swatte Hoor, un se harr meist nix an, bloots en lüürlütten Bikini. Dat hett aver nich veel scheelt, en kunn liekers meist allens sehn. Un dat weern do anner Tieden as hüüt. FKK geev dat nich, un wenn en in de Baadstuuv weer un sik dor wusch, denn sloot he dreemal to. Un nu düsse Deern op den Slips!

»Wullt du dat umbinnen?« fröög Mudder.

»Sowat höört to so'n Jackett«, see ik, »sunst is dat man den halven Pries weert.«

»Na ja«, see Mudder, »denn mutt dat dor op af.«

Se hett wull wußt, wat op ehr tokeem. Se holp mi, den Knütten to maken, un denn ik je ruut.

Bi mien' Klassenkamraden weer ik foorts Star. Wat harrn wi denn na'n Krieg an? Ool Plünnen, de al dreemaal wennt weern. Un nu ik! Mit dat niege Jackett, dat V-Jackett! Un mit de lütte, halvnakelte Donna op den Slips! Mit Swimmingpool un Palmen! Jümmer de Straat op un daal, jümmer rund um' Klüten.

Ik heff gor nich wußt, wat dor passeer. Dat hett Mudder mi neuß vertellt, as dat mit Frollein Alberts ween weer. De Lüüd harrn achter de Gardien seten un harrn seggt: »Hest dat sehn? Dor kümmt he al wedder, düsse amerikaansche Oop. Nu kiek di sowat vun Jackett maal an! Is je'n Schann, dat sien

Mudder em so rumlopen lett! Dat se sik nich schamen deit!«

Un denn keem de Dag, as ik mit dat Jackett un den Slips to'n eerstenmal in de School weer. Wi harrn Religion bi Frollein Alberts. Dat harr klingelt, wi seten in de Klass, un as buten op'n Fluur Frollein Alberts dat Singen anfung ›Ein feste Burg ist unser Gott‹, dat dee se jümmer, do stunnen wi op und sungen foorts mit. Se gung de Regen op un daal, beide Dumens ünner de Achseln, gung un sung, hau blangenbi Peter Timm en an' Latz: »Du sollst nicht grölen, du sollst mit Andacht singen!«, see se un bleev op'n Stutz stahn. Do harr se mienen Slips sehn. Se knipper mit de Ogen, as kunn se nich glöven, wat se dor sehg. Dat weer dodenstill, denn sodra as se stahnbleven weer, harr se ok mit den Gesang ophöört un wi mit ehr. Se keem op mi to, bleev för mi stahn un fröög: »Was ist das?«

Wenn ik ehrlich ween schall, ik much ehr nich lieden. Wenn en mit Andacht singen deit, denn kann he nich to glieke Tiet den annern en an' Latz haun, heff ik jümmer dacht. Dor stimm wat nich mit Frollein Alberts.

»Was ist das?« fröög se nochmal.

Do see ik, heel langsam: »Das, Fräulein Alberts, das ist ein anderes Fräulein.«

Do keem se reinweg ut de Tüüt.

»Raus!« schreeg se. »Und laß dich hier nicht eher wieder sehen, als bis du dieses Ding da abgenommen hast!«

Ik heff mi so verfeert, ik bün foorts bit na Huus hen lopen.

»Wat hest du to ehr seggt?« fröög mien Mudder. »Das ist ein anderes Fräulein? Dor hest du den verkehrten Nagel op'n Kopp dropen!« see se.

Ik heff eerst lange Johren later begrepen, wat för'n Nagel ik dor dropen harr: All dat Lengen, Bangen un Luurn vun Frollein Alberts harr ik dropen. Ehr helet Leven.

Wenn mi hüüt en kummt mit de Harmonie, wo goot em dat geiht un wo vergnöögt he is, denn denk ik jümmer an Frollein Alberts:

Kiek man lever eerstmal na de Achterdöör, wat he dor ok noch so harmonisch is.

Denn so eenfach is dat nich mit de Harmonie un den Liguster, as Mudder jümmer see, man do dach se an Tante Tine, un dat is en anner Geschicht.

Wo faken heff ik mit Tante Tine vör ehren Ligustertuun stahn. »Magst dat lieden?« hett se mi denn jümmer fraagt un na de Heck wiest, de harr de Westenwind scheev drückt.

»Laat den Liguster doch wassen!« hett Hannes denn meent. »Gegen de Natuur kaamt wi nich an.«

Man se hett ehren Mann giftig ankeken un hett seggt. »Dat wüllt wi mal sehn! Bi mi mutt de Liguster piel stahn, anners mach ik de Natuur nich lieden!« Denn hett se sik en poor grote Pahlen herkregen un ehr mank den Liguster haut.

»Dor binnt wi em an fast!« hett se seggt. »Nu kann he sik quälen.«

En scheeve Heck, dat wull se sik nich naseggen laten, liekers ehr dat keeneen naseggt harr. Man se harr dor Bang vör, so muß bi ehr allens püük ween un sienen Chic hebben.

Un nu is se doot. Hett sik sülm ümbrocht. Op ehren süßtigsten Geburtsdag. Hett de Minsch Verstand dorto, dat he sik sowat vörstellen kann. Ok de Paster hett nich wußt, wat he seggen schull. He see wat vun ›Gottes unerforschlichem Ratschluß‹ un dat elkeen Minsch en Afgrund in sien Seel harr. »Ik weet nich«, hett Hella Mahn neuß seggt, as wi vun' Karkhoff kemen, »ik heff vun den doren Afgrund in Tante Tine ehr Seel nienich wat markt.« Dat harrn se all nich, seen de annern. Man goot, de Paster harr dat kort maakt, see Hannes Kühl, so as Tine afgahn weer, weer't ok dat best, se keem gau ünner de Eer.

Ehr Kinner weern natüürlich ok dor. Ewald mit de tweet Fruu. Sien eerst Fruu is nich kamen, bloots de beiden Jungs ut de eerst Ehe, de weern dor, anners sünd se hier je nich mehr veel ween. Ehr Mudder hett dat nich wullt, de kunn nich mit Tante Tine. Ik weet noch, as Tante Tine överall vertellt harr, se schull nu Oma warrn. »Dor heff ik lang op luurt«, see se. »Hest dree Kinner un warrst keen Oma, sowat höört sik doch nich!« As de Lütt denn dor weer, hett se foorts de hele Utstüür köfft. Dat schall de Mudder nich freut hebben, dat harr se sülm doon wullt. »Tier di nich so!« harr Tine do seggt. »Wat'n richtige Oma is, de mutt sik um ehren Enkel kümmern.« Ewald hett sik dor rutholen.

De Öllst, Elsa, weer ok dor. Alleen as jümmer. Se mag keen Mannslüüd lieden, seggt de Lüüd. Se weer al as Kind egen, speel jümmer alleen. Na de School is se foorts wegtrokken, arbeid ennerwegens in' Rheinland as Bankkoopfru. »Se hett dat swatte Gesicht vun ehr Oma«, see Tine, wenn se vun Elsa snack, »de leep ok so muulsch rum. In de Deern sitt keen Freud. Vun mi hett se dat nich.«

De Jüngst, Gesa, weer ok ditmal nich dor, de is al lang verschütt gahn. Se schall in Amerika verheiraadt ween. So see Tante Tine dat. Peter Post hett aver seggt, dat kunn nich angahn, dat mit Amerika. Annerletzt harr he Tante Tine en Breef brocht, de weer ut England ween. Norfolk harr op den Stempel stahn. »Un de Afsender«, hett Peter seggt, »de weer op Engelsch un hett ›Her Majesty Royal Prison‹ heten, un soveel as ik Engelsch lesen kann«, hett Peter Post seggt, »heet dat nix anners as ›Ihre Majestät Königliches Gefängnis‹.« Tante Tine hett den Breef den annern Dag wedder na de Post brocht un hett seggt: »De is nich för mi. Dor mutt sik en versehn hebben.« Man Peter hett neuß vertellt, Tante Tine harr den Breef över Waterdamp halen un harr em opmaakt. Dat kunn en sehn. Un denn see he, de schreven Schrift, dat weer Gesa ehr Schrift ween. Dor kunn he op wetten, see he, he harr je doch in de

School blangen Gesa seten un jümmer vun ehr afschreven. Dat ›T‹ in ›Tine‹, so'n ›T‹ schreev bloots Gesa. Laterhen hett een vun de Kriminalers, de hett bi'n Skat vertellt, se harrn Gesa in London faatkregen, op'n Flugplatz, se harr'n Paket Kokain bi sik hatt. Dat hett hier nüms wunnert, se is dor je al in de School mit anfungen, mit de doren Drogen. Se hebbt ehr do al faatkregen, in de Disco, dor weern se jüst an't Dealen ween. Do muß de Polizei je hen na Tante Tine un Hannes un muß ehr dat seggen. De Putz hett neuß vertellt, Tante Tine harr em anblafft. »Du bruukst hier nich jüst an hellichten Dag kamen! Dat langt, wenn du anröppst!« Dat hett he denn ok doon, se kregen Gesa je noch'n poormal faat, bit se utneiht is vun to Huus. Do hett Tante Tine ehr Roh hatt.

»Dat mutt dor je wull inseten hebben«, see Hannes faken. Dat döss he tohuus nich seggen, denn worr Tante Tine füünsch. »Nix hett dor inseten«, see se, »vun mi hett se dat nich un vun di ok nich! Dat is de Umgang ween, se hebbt ehr toschannen maakt. Un nu will ik dor nix mehr vun hören. Se is weg, un wat se annerwegens deit, geiht mi nix an. Laat ehr man wegblieven!« Dat ist Hannes nich licht fullen.

'n poor Johr later bleev he doot. He weer man knapp ünner de Eer, do hett Tine sienen Schrievdisch verköfft. Dat hett veel Lüüd wunnert. »Ik schriev nich«, hett se seggt, »wat schall ik mit dat Dings!« Hella Mahn hett neuß vertellt, Tante Tine harr lerrige un vulle Cognacbuddeln in Hannes sien' Schrievdisch funnen. »Dat wunnert mi nich«, hett Hella seggt, »keen Sorgen hett, hett ok Likör. Un Sorgen harr Hannes je. De een Dochter verschütt, un de annern Kinner sünd ok nich jüst dat, wat'n sik wünschen deit: Elsa en Eenspänner un Ewald al dat tweetmal verheiraadt.«

As Hannes doot weer, leev Tante Tine alleen in dat grote Huus. Vun ehr Kinner kreeg se nich veel to weten. Elsa telefoneer gelegentli, un Ewald wahn mit sien tweet Fru wied weg.

Nochmal wull he dat nich riskeren, wat sien Mudder un de Fru sik nich verdrogen. »He hett dor'n beter Steed funnen«, see Tante Tine.

»Wat is mit di?« hett Hella Mahn in de letzt Tiet Tante Tine faken fraagt.

»Wat schall mit mi ween?«

»Du lettst di nich mehr sehn.«

»Warum schall ik dat?« harr Tante Tine seggt. Un Hertha Siebels hett vertellt, se harr ok ehren süßtigsten Geburtsdag nich mehr fiern wullt.

»Dat geiht je doch nich«, harr Hertha seggt, »du warrst Süßtig un wullt nich fiern!«

»Wat schall ik fiern?« harr Tante Tine gnurrt.

»Dienen Geburtstag«, harr Hertha seggt. »De Navers wüllt di enen Kranz spenderen.«

»Denn laat se dat doon«, harr Tine seggt un weer ut de Stuuv gahn.

»Mein Gott«, hett Hertha hüüt in de Kark to ehren Mann flustert, »wat se dat do al vörhatt hett?«

»Makaber«, hett Emil Siebels seggt, »makaber.«

Hertha Siebels is an Tante Tine ehren Geburtsdag al fröh na ehr röverlopen, se wull ehr to Hölp ween. De Kranz harr al över de Döör hungen, mit en grote Süßtig, de harr Willi Meiners sülm maalt. »Ik will dor nich so'n Null-acht-fofteihn-Tall hebben«, harr he seggt, »de maal ik sülm, dat is Tine mi weert.« Eerstan, see Hertha Siebels, eerstan, as se in't Huus kamen weer, do weer ehr noch nix opfullen. De Rollos weern all hooch, Tante Tine harr je wull al Fröhstück hatt, dat Geschirr stunn bi de Wasch un weer allens sauber. Se harr ropen, man nüms harr antert, do weer ehr dat unheemlich worrn, un se weer na Huus lopen un harr Emil Bescheed seggt, ehr keem dat komisch vör bi Tante Tine, harr se seggt.

Emil hett ehr denn ok funnen. In ehr allerbest Tüüg, dat swatte Kleed mit den Spitzenkrogen harr se an un ehren Sülverschmuck um. So weer se in de Scheetgrööv sprungen un dor versopen. Nu stell sik eener dat vör! Dat hele Leven jümmer püük un op Chic un denn so'n Doot. Dat mutt dor je wull inseten hebben.

En kann ok anners vun de Welt gahn. So as Peter Timm, de harr to sien Fru seggt: »Ik gah na'n Dokter. Wenn ik dor mit trech bün, kiek ik na de Bank rin. Schall ik sunst noch wat besorgen?« »Liggt nix an«, harr sien Fru seggt, un denn weer he losfohrt, wull sik dörschecken laten, wieder nix.

Un denn harr de Dokter seggt: »Mit de Lung is wat. Dor mööt wi'n Bild vun maken.«

Man dat Bild, dat harr nix hergeven.

»Liekers is dor wat«, harr de Dokter meent. »Wenn du Tiet hest, fohrst in de Stadt un lettst di in de Klinik ünnersöken. Dat is je bloots, dat wi nix verkehrt maakt.«

»Denn besorg mi man foorts ’n Termin«, harr Peter to den Dokter seggt, »över sowat will ik nich in’t Gruveln kamen.«

In de Klinik hebbt se dat denn ok funnen.

»Un wat is dat nu?« harr he fraagt.

De Dokter harr em ankeken.

»Seggen Se dat man driest«, harr he seggt, »sowat will ik weten.«

Dat weer Lungenkrebs, harr de Dokter seggt.

Wat de Dokter nu doon wull, harr Peter fraagt.

»Dor is nix mehr to doon«, harr de Doktor seggt.

»Wolang?« harr he fraagt.

Dat kunn en nich seggen.

»Um un bi?«

»’n half Johr.«

As he mit sien Fru na Huus föhr, do harr he in’t Auto seggt, de Dokter weer sik noch nich seker. Man denn to Huus, in de Köök, do harr he seggt: »Wi wüllt uns man nix vörmaken«, un harr ehr dat vertellt. Do hebbt se beid weent.

Poor Daag later hebbt se sik afmaakt, se wullen so leven, as se dat jümmer doon harrn. An Avend seten se in de Stuuv, spelen Korten oder Halma. Man se wussen je, se worrn nich mehr lang spelen. Do hebbt se anfungen un hebbt sik wat vertellt. Vun jümehr Leven, wo schöön un wo swoor dat ween weer. Se hebbt de olen Biller bekeken.

Denn hebbt se ehr Kinner anropen un hebbt ehr seggt, se schulln man all kamen, Vadder worr dat nich mehr lang maken. Do hebbt se sik all dropen, un he hett seggt, se schulln nich so doon, as wenn't noch in de Reeg keem, dat worr dat nich. Un so weer't beter, se snacken dorvun. Do hebbt se vertellt.

Wenn't Weder fein weer, is he mit sien Fru utfohrt. Denn sünd se an' Diek lopen un hebbt in't Strandcafé seten. He hett sien Zigarr smöökt. »Dat kummt dor nich mehr op an«, hett he seggt, »sodenni günn ik mi dat.«

Denn worr dat leger mit de Wehdaag. He muß nu leggen. Do kreeg he dat mit de Angst, stunn jümmer wedder op un leep vör't Bett op un daal. Man dat dee he man bloots en poor Daag, do harr he keen Knööv mehr. Sien Fru hett seggt: »Legg di man daal, ik bliev hier nu sitten, un wi vertellt uns wat.« So hett se dree Dag an sien Bett seten, denn full em dat Snacken swoor.

Opletzt see he. »Mudder, ik laat nu loos.« Do is he in de Nacht storven.

Se hebbt em afhaalt, de Dodenfru hett em smuck antrocken, dree Daag hett he in de Dodenkapell legen, denn hebbt se em beerdigt. Na'n Karkhoff hett dat Kaffee geven, do hebbt se all vun em vertellt.

Wat blifft, dat sünd Geschichten.

Dörtig Johr sünd se verheiraadt, Hans un Greten, un hebbt sik jümmer fein verdragen. Dörtig Johr is he elkeen Dag op't Amt gahn, un wenn he Klock Fief wedder an't Huus keem, drunk he mit Greten en Tass Kaffee, struntjer denn na sien' Schrebergaarn, dor bleev he, bit dat düüster woor.

Man denn gung Hans in Rente, un dat Leven kreeg en annern Slag. Eerstan hebbt se dat gor nich markt, man as de Lüüd Greten frögen, wat Hans krank weer, se leep je jümmer alleen dör de Stadt, oder wat se amenn sogoor Mallöör mit'nanner harrn, do worr Greten argdenkern, un en Nameddag see se to Hans:

»Wenn wi den Kaffee achter uns hebbt, denn kümmst mit mi na Stadt un köffst mit mi in.«

»Warum dat denn?« fröög Hans.

»Wiel dat de Lüüd dat Snacken anfangt. Se sünd moden, du neihst för mi ut, un dorüm kümmst du nu jeden Dag eenmal mit na de Stadt. Achterna kannst wedder in dien' Gaarn gahn.«

»Mudder«, see Hans un keek ehr verbaast an, »ik bün je doch noch nienich mit di an Namiddag to Stadt ween!«

»Solang as du op't Amt sitten deest, kunnst dat ok je nich. Man nu büst du an't Huus, un ik laat mi nich naseggen, du höllst dat bi mi nich ut.«

»Mudder«, see Hans un see dat so fründli, as he man jichens kunn, »över dörtig Johr hebbt wi beiden dat goot mit'nanner hatt, meenst nich, dat dat ok'n beten dor an legen hett, dat wi uns de mehrste Tiet nich sehn hebbt? Un nu schall ik elkeen Dag den halven Namiddag mit di ›Schaulaufen‹ för de Lüüd maken?«

»Jo«, see Greten, »ik treck mi nu an, un du kümmst mit!«

Wat holp em dat, he müß mit. Na'n Supermarkt, na de Post, na'n Schooster. Un denn stünnen se vör't Stadtcafé.

»Wat wüllt wi hier denn?« fröög Hans.

»Wi sünd je doch allmiendaag noch nich in't Café ween!«

»Denn fangt wi dor hüüt mit an!« see Greten un möök de Döör open.

Hans achterran un wuß foorts, warum dat he dor rin schull. Achtern in de Eck seet Anna Paustian mit ehren Club.

Greten stüür liek op den Disch blangen Anna to. Nu mussen se sik je all gröten, un Greten see so luud, dat'n dat nich överhören kunn: »So, mien Hans, sett di man hier daal. Wat wullt du hebben? Kaffee oder Schokolaad? 'n lütten Cognac dorto? Büst je so lang krank ween.«

As he den Cognac daal harr, see Hans: »Süh mal, Mudder, dor achtern sitt Willem mit sien Fru. Dat is je schaad, de hett mi elkeen Dag in' Gaarn sehen, de weet je, ik weer nich krank. Wunnert mi, dat he hier sitten deiht. Weer ik mi nich vermoden ween, dat he 'n Caféminsch is. Mudder, amenn is Willem ok jüst an't Schaulaufen? He is je doch nu ok in Rente. Wo loopt wi den morgen Schau? Wi dörft je nich jümmer na desülvigen Geschäften lopen, denn kriegt se dat je nich all mit!«

»Wenn du mi argern wullt...«, see Greten.

»Nee, Mudder, dat will ik nich«, see Hans, »aver ik will di wat seggen, vun dat dore Schaulaufen, dor warrt nix vun. Ik bün je doch keen Hampelmann! För hüüt hest du dienen Willen hatt, Mudder, aver ik warr mi wat anners utdenken!«

Un dat dee he denn ok. 'n viertel Johr later seet he in' Vörstand vun Schrebergaarnvereen, weer Kassier för't Rode Krüüz, harr sik bi'n Tennisclub anmellt un keem opletzt mit en Formular vun Heimatvereen na Huus, dor wull he ok mitmaken.

»So, Mudder«, see he, »nu hebbt wi de

Harmonie wedder faat. Soveel as ik nu um de Hannen heff, kann di dat keeneen naseggen, dat ik för di utneih. Ik heff eenfach keen Tiet! Un wenn se mi nu in' Gaarn seht, denn kannst jümmer seggen: ›He mutt sik je ok mal verpusten.‹ Aver nu, Mudder, treck di an. Wi gaht na't Stadtcafé. Dat mit de Schokolaad un den Cognac, dat hett mi allerbest gefullen, dor kann ik mi an gewöhnen. Un denn schaadt dat je ok nix, Mudder«, grien he, »eenmal de Week köönt wi je Schaulaufen. Wat meenst, wat de Lüüd denn seggt? Liekers Hans soveel to doon hett, geiht he mit Greten to Stadt. Is dat nix, Mudder?«

So geiht dat mit de Etiketten, ehrer du die versühst, hebbt se di so'n Ding opbackt. Nu büst du för de Lüüd anners nix as dat, wat op dat Etikett steiht. Un wenn dor ›Professor‹ opsteiht, so as bi mi, denn is dat ok 'n Etikett, denn meent veel Lüüd, mit so'n Mann mutt'n anners umgahn un snacken. So as de junge Dokter un de Arbeider dat deen, in de Ogenklinik.

Dat weer ünnen in' Keller, dor woor ik ünnersocht. As ik dor mit dör weer, wull de Dokter mi den Weg wiesen, keem mit op'n Fluur un see: »Gehen Sie dort bitte die

Treppe hoch, Herr Professor. Leider müssen wir sie nächste Woche noch einmal bemühen.«

Bi Lüüd mit dat Etikett Perfesser seggt he ›bemühen‹, bi de annern ohn dit Etikett heet dat man: ›Sie kommen nächste Woche wieder.‹

Dat harrn nu ok'n poor Arbeiders mit anhöört, de snacken Platt mit'nanner, dat kreeg ik foorts mit. Ik gung also de Trepp hooch, funn aver den Weg nich un stunn miteens wedder ünnen.

»Nanu!« see ik. »Hier weer ik je al. Wo geiht dat denn rut?«

Do see de en vun de Arbeiders. »Sie müssen sich oben links halten, Herr Professor, sonst wird das nichts.«

Ik je hooch, verbiester mi aver dat tweetmal un stunn wedder vör den Mann.

»Verdammi!« reep ik. »Ik will hier doch nich övernachen!«

»Sie haben wohl links und rechts verwechselt«, see do de Arbeider. »Versuchen Sie's man noch einmal.«

Ik stapp de Trepp wedder hooch, un ditmal glück dat, ik funn den Utgang.

As ik nu över den Hoff gung, keem dor'n lütten Transporter. De Fohrer leet dat Finster daal un reep: »Na, Perfesser, hest je doch noch rutfunnen, wat!?«

Dat weer de Arbeider ut'n Keller. Nu he in sien Auto seet, waag he dat, Platt to snacken. Dor ünnen in' Keller hett he wull dacht, ik kunn em een an' Latz haun, wenn he so driest ween weer un harr foorts Platt mit'n Perfesser snackt.

Hett jümmer Lüüd geven, de hebbt meent, Platt, dat is de Spraak vun de lütten Lüüd. Un dat weer se je würkli veel hunnert Johr lang. De Tiet, as de Hanse regeer, do stunn dat Nedderdüütsche bavenan; man as de Hanse togrunn gung, do gung dat ok mit dat Platt den Barg daal. Nu snacken de, de sik wat bedüchen, Hooch. Do wor Hooch dat Etikett för de feinen Lüüd un Platt dat Etikett för de ringen Lüüd. Mag ween, de en oder anner denkt hüüt noch so, man denn liggt he verkehrt. De Tieden hebbt sik ännert.

De Plattdüütschen hebbt dat aver ok noch mit anner Etiketten to doon. De Spraak sülm hett en Etikett opbackt kregen. Dor steiht op: Op Platt kann en seggen, wat'n will, dat klingt jümmer sinnig un kommodig. En kann groff warrn, liekers hööert sik dat nich groff an.

Dat will mi nich in' Kopp. Wenn wi uns as lütte Jungs in de Wull kregen un grölen: »Du kriggst glieks en an Latz!« denn hett sik dat nienich kommodig anhööert. Do muß en gau taxeern, hett he mehr Knööv as du, denn mußt' utneihn; hett he weniger, denn kannst ropen ›Kumm man her!‹. Wi hebbt as Jungs Platt snackt, man wi hebbt dat nich wußt, wi deen dat eenfach. Hüüt, wenn de en oder anner Platt snackt, denn weet he dat, denn hööert he sik sülm to un denkt: Nu snack ik Platt. Un denn warrt dat so'n Oort Folkloreplatt. As wenn he sik ümtrecken deiht: Weg mit de Jeans! Her mit de Tracht! Nix gegen de Folklore, man mit dat Leven hett se mennigmal soveel to doon as en Aquarium mit de Karibik: Gor nix.

Un denn meent veel Lüüd, nich bloots dat Platt harr sien egen Oort, de Plattdüütschen sülm harrn ehr ok. Denn snackt se vun dat ›nedderdüütsche Wesen‹. Mit so'n Snack mutt'n vörsichtig ween, dor kennt wi ok anner ›Wesens‹: dat düütsche Wesen, dat franzöös'sche, dat engelsche. Sowat is eenfach opto, dor kriggt so'n helet Volk en Etikett opbackt. Nu weeßt du Bescheed, wat sünd dat för Lüüd, wat steiht dor op dat Etikett? Jo, natüürlich: De Italjäners, de sünd jümmerto an't Singen ›Bella Napoli‹, de Russ hett dat mit de Seel; de Franzoos is elegant; un wi, de Plattdüütschen, wi snackt nich veel, sünd mennigmal wat groff, aver in uns Hart, dor sitt de Warms bin. Wi wüllt uns nich verbiestern, laat uns so'n Etiketten man weglaten un lever de Lüüd ankieken, wat dat för Minschen sünd. So as den Polizisten, de mi mal anholen dee.

Dat weer in so'n Dörp, dor harrn se de Straat opreten un Schiller opstellt, mehr as dörtig Kilometer döss en hier nich fohren. Ik juckel achtern Polizeiauto mit twee Putzen her. As wi dat Dörp un de Buusteed achter uns harrn, brumm he af, foorts op Hunnert rop. So'n Schiet, dach ick, nu sittst du achter em, fohrt he stuur Hunnert, kannst em nich överhalen. Do dreih sik miteens de Bifohrer na mi um, kreeg'n Knippskassen vör't Oog un fotografeer mi. Sowat mag ik nich hebben. Wenn ik mi afnehmen laten will, dann gah ik na'n Fotograf, dor söök ik mi doch keen' Polizisten to ut. Ik keek em so'n beten fraagwies an, man wat schall ik seggen, he möök wedder en Bild vun mi. Nu tucks ik mit de Schullern un möök'n Gesicht, as wull ik fragen, wat is loos? Do kreeg he den Kassen to'n drüttenmal för'n Kopp un möök wedder en Bild, wat ik nicht bestellt harr.

Nu worr ik füünsch. Kunn de dore Kerl nich anholen und mi vertellen, wat ik verkehrt maken dee? Ik blink em mit de Lichthupe an un wies mit den Arm na de rechte Stratensiet, he schull ranfohren un verkloren, wat hier los weer.

Dat dee he ok. He gung op de Brems un heel op'n Stutz an. De Knipskerl sprung ut dat Auto, sett sien Mütz op und keem an mien Fenster.

Ik dreih de Schiev daal.

»Sagen Sie mal«, see he, »haben Sie uns eben mit der Lichthupe angeblinkt und nach rechts herausgewunken?«

»Dat heff ik«, see ik, un ik see dat op Platt. »Wenn ik al knippst warr, denn will ik ok weten, worüm?«

»Dat weten Se nich?« fröög he un snack nu ok Platt. »Se sünd to dicht opföhrt.«

»So dusselig kann en je wull nicht ween«, see ik, »achter de Polizei ranfohren un denn to dicht opfohren!«

»Dat heff ik ok jümmer dacht«, see he, »liekers is dat so.«

Un denn worr he amtlich, nu snack he Hooch: »Darf ich Ihre Papiere mal sehen?«

Na ja, dat holp je nix, ik geev em mien Papieren. He blöder dor in rüm, un denn harr he mienen Naam faat.

»Oha!« see he.

»Wat is loos?« fröög ik.

»Sünd Se de dore Mann ...?«

»Bün ik«, see ik.

»Ut Kiel?«

»Jo.«

»Dat harr nich kamen muß«, see he.

»Wat is denn?«

»Weern Se nich vör veer Johr dor baven in Flensborg de Vörsitter vun de Jury för den plattdüütschen Laienspeelwettbewerb?«

»Jo«, see ik, »dat weer ik.«

»Oha«, see he. »Weten Se wat?«

»Nee, wat denn?«

»Ik weer een vun de Laienspelers. Wi hebbt den eersten Platz maakt. Un Se — Se hebben uns den Pries överreicht.«

»Tscha«, see ik, »so bün ik! Vun mi kriegt ju'n Pries. Un wat krieg ik vun ju? Bußgeld, wat?«

»Oha!« süüfz he. Man denn böög he sik daal un fluster: »Ik heff mi vör'n paar Daag en niege Brill köfft, mit de ool kunn ik de Entfernungen nich mehr so richtig inschätzen. Wat'n Tofall, jüst vundaag heff ik de Brillen verwesselt un heff de ole op.« Un denn reep he na sienen Kolleeg röver: »Korl, de Biller mööt annulleert warrn. Ik heff de ole Brill ophatt. De Mann weer doch wieder weg, as ik vermoden weer.« As he dat seggt harr, böög he sik na mi daal un grien. »So, nu sünd wi quitt. Ik heff'n Pries kregen un du nu ok. Aver eens raad ik di: Fohr vör uns, nochmal will ich di nich achter mi hebben.«

So kann en dat Platt ok mal ut de Kniep hölpen. Weer en feine Minsch, de Polizist, wenn't natüürlich ok nich recht weer, wat he dee. Liekers.

Kann aver ok anners kamen, un du löppst mit dien Platt piel op, so as bi de Fischfru an' Husumer Haven, för ehr harr ik dat verkehrt Platt faatkregen. Ik bün je ut Dithmarschen, un sodennig is dat Platt, wat ik snacken do, Dithmarscher Platt. Un mit dat Platt in Dithmarschen is dat as ennerwegens ok, vun Dörp to Dörp hebbt se ehr egen Wöör. De Marners seggt ›Kreut‹, wenn se Krabben kopen wüllt, in Heid heet dat »Kraut‹, un en beten wieder rop, buten Dithmarschen, seggt se dat noch anners.

»Kreut hebbt wi nich«, see de Fischfru an' Husumer Haven.

»Dat kann je wull nich angahn«, see ik, »dor liegt se doch, ganze Kisten vull.«

»Dat sünd keen Kreut.«

»Aha! Amenn sünd dat Kraut?«

»Höört sik al beter an. Man Kraut sünd dat ok nich.«

»Nu warr ik wild«, see ik, »ik will'n Pund Kreut oder Kraut kopen, dor liegt de Dinger, mi löppt dat Water in' Mund tosamen, un en kriggt se nich! Wat sünd dat denn nu?«

»Dat sünd Paarn, mien leve Mann. Hier sünd wi in Husum, un wenn de Dithmarschers hier Kreut hebben wüllt, dennso mööt se Paarn bestellen, ok wenn se noch so stuur sünd, anners warrt dat nix.«

Süh, so is dat mit uns Platt. Mal heet dat so, mal heet dat anners. Un wat de Olen för richtig anseht, dor weet de Jungen al lang nix mehr vun af. Platt is dat, wat en snacken deit, liekers de en oder anner seggt, dat is keen Platt mehr. Amenn is dat beter, de Lüüd snackt verkehrt Platt, as wenn se gor keen Platt mehr snackt.

Un is je doch ok schöön, dat gifft so veele Platts. Kannst foorts hören, woneem de Lüüd herkaamt. De mit de ›chelen Cheorchienen‹, de kümmt ut de ›chude Chechend«, un de Dithmarschers, de kannst ok överall ruthören.

Dat weer bi'n Ogendoktor, ik seet in de Töövstuuv un luur. Blangen mi en olen Mann. Wi weern de letzten. Dat duur un duur. Den olen Mann gung dat nich goot. He wanner op un daal, stunn vör'n Spegel, keek sik in de Ogen, sett sik wedder daal un süüfz: »Wenn de Dokter nu nich bald kümmt, denn warr ik würkli blind.«

»Wat hebben Se denn?« fröög ik.

»Oha, dor sitt'n Dithmarscher!« sec he.

»Wo weten Se dat denn vun?«

»Mien leve Mann«, lach he, »dat kann en foorts hören. So breet köönt anner Lüüd dat Muul nich trecken, as jüm snacken doot!« Un he kau: »Ohauohauoha. Kooohl. Motooorrad.« Man denn se he, as wull he mi trösten: »Bi de Mannslüüd mag dat je noch angahn, aver de Fruunslüüd, de sünd mit den doren Dialekt je direkt utschännt! Liekers, lever vertell ik mi wat mit'n Dithmarscher, as hier stumm to töven.«

»Wat is denn mit de Ogen?«

»Mit dat een. Dor sitt'n Fleeg bin.«

»De kann de Doktor dor je licht rutholen«, see ik.

»De lett sik nich rutholen. De mutt he dootscheten. Mit'n Laser. Dat is de Netzhuut, de wackelt. Un wenn de wackelt, denn süht dat ut, as flüggt dor'n Fleeg op un daal. Wenn en nich oppassen deit, denn maakt dat ›Bautz‹, un de hele Netzhuut fallt daal. Denn hölpt ok keen Laser mehr, denn büst du blind.«

»Weet de Dokter dat dor binnen, dat Se'n Fleeg in't Oog hebbt?«

»Dat weet he. He hett eerst al mal rinkeken. Is man'n lütte Fleeg, see he. Ditmal weer keen Gefohr. Ik kunn hier ruhig töven.«

»Wat heet ditmal?«

»Tscha, stellen Se sik dat vör«, see de Ool,

»vergangen Johr harr ik ok so'n Fleeg in't Oog. Do heff ik dor je noch nix vun kennt, heff de Fleeg gor nich op'n Kieker hatt. Bit dat op eenmal ›Bautz‹ maken dee. Dat hier«, see he un wies op dat anner Oog, »dat is blind.«

In düssen Momang keem de Dokter un reep den Olen. Na'n Halvstunnstiet weer he wedder trüch.

»Lasert!« reep he. »Keen Fleeg mehr un nix! Nu sitt se wedder fast, de dore Netzhuut! Un schönen Dank ok!«

»Dank för wat?« fröög ik.

»För den Snack. Hett mi över de Tiet holpen. Ik seet je doch bit bavenhen vull vun Angst, dat dat ›Bautz‹ maken dee. Denn hölpt dat al wat, wenn en sik wat vertellen kann. Wenn't ok mit'n Dithmarscher is un den sien breedet Platt. Ohauohauoha!« lach he un huul af.

Wat mien Tante Frieda is, de is nu ok al lang doot, un dat Huus, wo se in wahnt hett, dor sitt anner Lüüd bin. Liekers, wenn ik an ehren Gaarn langloop un kiek na de Finstern, denn seeg ik ehr dor noch jümmer sitten. Sodra as se mi wiesworr, schoov se ehr rechte Hand ünner de Gardien un wunk mi rin. Und denn gung dat jümmer so:

»Na, mien Tante Frieda«, see ik, »wo geiht di dat?«

»Och, mien Jung«, see se, »wo schall mi dat gahn? Ik sitt hier achter de Schiev un beleev nix mehr.« Liekers wuß se allens, wat in de Stadt passeer.

»Hest al höört«, see se, »wi hebbt nu 'n niege Straat?«

»Niege Straat?« fröög ik. »Wo dat denn?«

»Achter de School.«

»Du meenst den Rudl-Kinau-Gang?«

»De heet nu Willi-Ehlers-Gang. Dor geiht jeden Avend Willi Ehlers na Koopmann Reimers sien Fru. Reimers hett dor je sülm Schuld an. Wat sitt he elkeen Avend in' Kroog un speelt Korten. De Fru mutt sik je to hölpen weten. He schall dat aver weten, dat mit Willi Ehlers un sien Fru. Annerletzt hett he in' Kroog vertellt — do hett he wull al een in de Kroon hatt — sien Fru weer in de letzt Tiet recht wat umgänglicher, nich mehr so quarkig. ›Wenn ik nu to Korten spelen gah‹, see he, ›denn seggt se: Gah man, heff du man ok dien Vergnögen.‹«

»Süh«, see Tante Frieda, »dat mußt di marken, wo de Minsch sienen Profit vun hett, dor is he ok vergnööt över.«

*

»Na, mien Tante Frieda«, see ik, »wat giff't Nies?«

»Och, mien Jung, ik kaam je narms mehr, mien' Kneen sünd möör. Hest dat al höört, vun Hella Numsen? De hett sik Korl Ibs anlacht un hett em heiraadt.«

»Den olen Lehrer?« see ik. »De is je doch fiefuntwintig Johr öller as se. De hett de Söventig doch al faat! Worüm deit se dat denn?«

»Versorgung, mien Jung, Versorgung. Siet se em to Mann hett, geiht se nich mehr to Arbeit, dor hett se al lang keen Lust mehr to hatt. Un wenn he mal nich mehr is — dor mutt de Minsch je mit reken, wenn he söventig is — denn hett se'n feine Pension.«

»Liebesheirat is dat je jüst nich«, see ik.

»Dat mutt dat ok nich«, see Tante Frieda, »en mutt ok dat Leven in't Viseer hebben. Un he hett dor je ok wat vun. Wenn he mal krank is, hett he en to Huus. Und wenn dat neuß to Enn geiht, bruukt he nich weg, denn kann se em to Enn plegen.«

»Ik heff de beiden noch gor nich gahn sehn«, see ik.

»Dat kannst nu ok nich«, see Tante Frieda. »Süh, dat is je doch so, ehrer dat se sien Pension kriggt, mutt se eerst en ganz Tiet mit em verheiraadt ween hebben. Anners hett se dor keenen Anspruch op. Un dor fehlt noch'n Vierteljohr an. Hella hett seggt: ›Nu in' Winter, bi düsse Natten, de Küll un den Nevel, dat weer ehr to riskant. Dor weern se sik üm enig worrn, dit Vierteljohr müß Korl binnen blieven.«

*

»Wat gifft' Nies, Tante Frieda?«

»Och, mien Jung, ik sitt hier achter de Gardien un beleev nix. Hest dat al höört? Hein Gimmini is doot. He hett keen Lust mehr hatt. Do hett he sik en Plastiktüüt över'n Kopp trocken un hett ehr ünnen tobunnen. Denn is he stickt. Peetje Gerbert, wat sienen olen Kolleg is, de hett em funnen. ›Eerstan heff ik dacht‹, see Peetje, ›dor steiht en fulle Karstadttüüt op dat Koppküssen, man denn weer Hein dat sülm.‹

Nee ok doch, sowat mag en je gor nich vertellen. Is je ekelhaft«, see Tante Frieda.

»In de letzt Tiet schall he sünnerbor ween hebben. He stunn jümmer vör sien' Graffsteen un lees sienen Naam un dat Geburtsdatum, de weern dor je al inhaut. Alma Söhl hett em dor mal dropen. Do hett he ehr wunken un hett seggt: »Kaam mal her! Ik kann di dat Datum al seggen, wat dor noch fehlen deit.‹

Nee, so'n Geschichten will ik di nich vertellen«, see Tante Frieda, »dor kann en je deepsinnig bi warrn.«

*

»Wat giff't Nies, Tante Frieda?«

»Och, mien Jung, du kümmst doch in de Welt rüm, du mußt doch wat weten!«

»Passeert nich veel«, see ik.

»Aver hier is annerletzt wat passeert«, see Tante Frieda. »Se hebbt de hele Stadt afriegelt hatt, sotoseggen umzingelt, mit Witte Müüs, weeßt wull, de Polizei ut Niemünster. Un all mussen se pusten. Do hebbt se natüürlich överall in de Gastweertschaften anropen un hebbt seggt, se schullen man jo en Taxi nehmen, de Stadt weer inslaten. Süh, un dat hett Peter Mathias je ok mitkregen, de harr al fix en sitten. Do hett he Hugo-Taxi anropen un hett seggt, he schull em na Huus fohren, na'n Koog hin.

As se nu op sienen Hoff anlangt un Peter Mathias utstiegen will, do seggt he: ›Du, Hugo, hebbt wi de witten Müüs nu sehn oder nich?‹

›Ik meen, ik heff keeneen sehn‹, see Hugo, ›de weern al weg. Weer allens wedder frie.‹

›Hugo‹, see Peter Mathias, ›fohr mi foorts trüch. Ik haal mien Auto!‹«

*

»So, un nu vertell du«, see Tante Frieda. »Weeßt al, dat Ella Claußen en niege Reinmakersch söcht? Ehr ole hett ehr op'n Stutz verlaten, dat weer je de Hardersche. Se hett nich een Toon seggt, dat se nich wedderkamen wull. Is eenfach wegbleven. Ella is ehr achternalopen, jeden Dag, se wull dat je weten, man se hett ehr nich faatkregen. Wenn se telefoneer, hett de Oolsch opleggt, un wenn se bi ehr keem, hett se de Döör nich opmaakt. Man den enen Dag, do leep ehr de Hardersche in de Mööt, un do is Ella op ehr to. ›So‹, hett Ella seggt, ›nu kamen Se mi nich ut! Nu will ik weten, worüm Se mit ut'n Weg gaht?‹ Un weeßt, wat de Hardersche do seggt hett? Dat weer wegen dat Gröten, hett se seggt. Se harr dat nich nödig, sik nich gröten to laten. Se weer jüst so'n Minsch as all anner ok, un sodennig stunn ehr dat Gröten to. ›Wat tünen Se dor?‹ hett Ella seggt. Un denn keem dat je rut. Vör'n half Johr harrn Ella un ehr Mann vör't Schaufinster vun Elektro-Hansen stahn un harrn sik de Utlagen ankeken. Un achter in den Laden, dor harr de Hardersche feudelt, se harr je ok'n Steed bi Hansen. As se nu Ella un ehren Mann wies worr, do hett se ehr achter in den Laden jümmer grött. Se hett na't Schaufinster tonickt un hett'n poormal Goden Dag seggt. Man Ella un ehr Mann weern ahn Gröten wiedergahn. Dat se ehr vun buten gor nich harrn sehn kunnt, dor achtern in't

Schummern, dat hett Ella ehr nich verkloren kunnt. De Reinmakersch hett bloots jümmer seggt. ›Se hebben över mi hinkeken. Un dat heff ik nich nödig, mi för ring behanneln to laten!‹

›Weten Se wat‹, hett Ella do seggt, ›Se hebben je een an de Klapp!‹

Nu will he, de Mann vun de Reinmakersch, Ella anzeigen. Wegen Beleidigung. Ik will di wat seggen«, see Tante Frieda, »dor warrt nix vun. Dat warrt instellt wegen Geringfügigkeit.

Kiek di doch de Hardersche an«, see Tante Frieda, »is je doch geringfügig!«

*

»Jung«, see Tante Frieda, »laat di doch nich soveel vertellen, ik beleev je doch nix. Wenn nich af un an en bi mi inkieken dee, wüß ik gor nix mehr vun de Welt, denn ik sülm sitt je man bloots noch achter de Gardien. Vunmorgen keek Peter Denker in, wull frogen, wat he dat Fallobst hebben kunn, de hele Rasen leeg dor je vun vull. Kann he kriegen, mit mien' Kneen kann ik mi nich mehr bücken. Un Marmelaad inkoken, dat fallt mi ok swoor. Weeßt, wat Peter mi vertellt hett? Hans Thode un Heinerich Sievers, de hebbt sik vertöörnt. Wegen de Telefonnummer. De dore Geschicht kannst meist nicht glöven.

Hans wull Reklame für sien Autowarksteed maken, un nu harr he sik utdacht, dat worr sik je goot maken, wenn he so'n lütten Reklamespruch harr. Un dor schull ok sien Telefonnummer in vörkamen, denn kunnen de Lüüd de Nummer je lichter beholen. Un as he nu vör sik herriemeln dee, do full em de Vers in:

> Ist das Auto mal entzwei,
> Wähle drei, drei, drei.
> Schon ist Hans Thode dabei.

Vun den doren Spruch keem he nich wedder daal; weer man bloots schaad, he harr de Nummer gor nich. Sien Nummer weer 589, un dor wull em partu keen Riemel to infallen. Dat möök em ganz wild. ›Verdammi‹, hett he dacht, ›wenn ik al den richtigen Vers heff, aver de verkehrte Nummer, denn besorg ik mi de richtige Nummer!‹

He je hin na de Post, wat he de dore Nummer hebben kunn. Nee, dat weer nich möögli, see de Post, de Nummer höör den Lehrer Heinerich Sievers to. Wat se de Nummer denn tuschen kunnen? Dat kunnen se, see de Post, wenn de anner dormit inverstahn weer.

Hans Thode hin na Heinerich Sievers un stell em sien Beed vör. ›Heinerich‹, see he, ›höör di dat mal an:

Ist das Auto mal entzwei,
Wähle drei, drei, drei.
Schon ist Hans Thode dabei.

Sühst du dat in, ik mutt dien Nummer hebben?‹

Den Lehrer hett dat Spaaß maakt, un he harr dor ok nix gegen intowennen. Aver de Vers, see he, de weer nich richtig.

›Wat is he nich?‹ fröög Hans. ›De schall nich richtig ween? Woso dat?‹

›Nee‹, see Heinrich, ›dat Versmaß, dat stimmt nich.‹

›Dat Versmaß? woso stimmt dat Versmaß nich?‹

›Dat pultert‹, see Heinerich.

›Och, laat dat doch pultern! De Hauptsaak, dat riemelt sik. Dat is je doch'n Gedicht!‹

Denn hebbt se dat afmaakt, se wullen de Nummern tuschen.

Na ja, nu weer dat je in de Reeg, un se kregen ehr niegen Nummern. Kannst di vörstellen, wat nu passeer? De Lüüd kregen dat je nich mit, dat Hans de Nummer vun Heinrich un Heinrich de Nummer von Hans harr, liekers Hans jümmer insereert harr: Wähle drei, drei, drei. Bi Hans reep keeneen mehr an, man bi Heinerich stunn dat Telefon vun morrns bit avends nich still.

Süh, un dat hett Heinerich mörr maakt. Vör allem wenn he ut de School keem, middags, wenn he eten harr un sik en Stoot hinleggen wull, wenn dat denn bimmel, denn kunn he grandessig warrn. Un in so'n Middagsstünn is dat denn ok passeert. Dat harr al fief- oder süßmal klingelt hatt, un he harr jümmer seggt: Wählen Sie drei, drei, drei, dann ist Hans Thode dabei! Do harr dat wedder bimmelt. Dat weer Franz Matzen ween, un de harr seggt:

›Du, ik heff Mallöör mit den Vergaser. Kannst mi dat gau mal maken?‹

›Kann ik‹, harr Heinerich seggt.

›Ik heff dat Auto nödig‹, harr Franz seggt. ›Ik wull dor geern op luurn.‹

›Dat warrt nix.‹

›Oh, dat mutt doch wat warrn‹, harr Franz meent, ›dat mutt je doch bloots instellt warrn!‹

›Liekers warrt dat nix‹, harr Heinerich seggt.

›Wannehr kann ik dat denn afhalen?‹ harr Franz fraagt.

›Överhaupt nich‹, harr Heinrich seggt, ›nie mehr.‹

»Woso dat denn?‹ harr Franz sik wunnert.

Süh, un do hett Heinerich seggt, un he hett dat heel ruhig un manierlich seggt:

›Wieldat ik dat in de Grütt hau. Ik spring dor rop. Ik jaag dat in de Luft. Ik will nienich mehr wat vun Autos hören! Un nu bring dat Ding her!‹

Kannst di wull denken, wat do los weer«, lach Tante Frieda. »Franz Matzen hin na Hans Thode, un de foorts hin na Heinerich. Se schüllt sik meist dat Haun kregen hebben. Veerteihn Daag hett hier nüms vun wat anners snackt as vun Hans un Heinerich ehren Nummerntuusch. Süh, un Franz Matzen, de is middewiel övertüügt, Hans un Heinerich, de hebbt sik dat allens utdacht hatt. ›Kiek mal‹, hett Franz in' Kroog seggt, ›Heinerich is je doch sunst en ganz vernünftige Minsch, ok wenn he Lehrer is, sowat deiht he nich. Ik will ju wat seggen, dat is en Werbegag ween. Denn wat is dorbi rutsuurt? Hüüt weet jedereen, Hans hett de Nummer vun Heinerich un Heinerich de vun Hans. Aver mi mutt he noch betahlen, mi hett he nich fraagt, wat ik bi den Werbegag mitspelen will oder nich. He hett mi dor rintrocken, un dat kost em wat! Morgen kriggt he mien Auto, un dat kann he ümsonst maken!‹ Un dat hett Hans Thode ok doon, dat weer em dat weert.

*

»Na, mien Tante Frieda«, see ik, »wat giff't Nies?«

»Wat schall dat Nies geven?« see se. »Ik sitt hier un kiek ut' Finster. Wenn' t regen deit, sühst nüms, un wenn en sühst, denn blifft he nich stahn. Weeßt al, dat ik mi mit mien Naver vertöörnt heff?«

»Mit Erich?«

»Mit Erich, stell di dat mal vör! As ik annerletzt ut' Finster keek, seeg ik em mit frömde Lüüd vör mien Huus stahn. Un he wies jümmer op dat Huus un den Gaarn, as wull he ehr wat verkloren. Na, denk ik, wat hett he denn? Is dor wat verkehrt an't Huus? Ik gah je rut.

›Is wat, Erich? Du kickst je jümmer na mien Huus röver?‹

›Nee, mien Frieda‹, see he, ›is nix.‹

›Wat hest du denn dor to wiesen?‹

›Och, nix, Frieda‹, see he.

Süh, dat keem mi denn je doch gediegen vör. Ik bleev stahn. Dat paß em nich.

›Gah man wedder rin, Frieda‹, see he, ›is koolt buten.‹

›Nee, Erich, solang as du hier um mien

Huus löppst, bliev ik buten. Dat will ik je doch geern weten, wat di so interesseert.‹

›Tscha, Frieda‹, drucks he, ›dat is'n beten schenant, süh mal, de jungen Lüüd hier, de wüllt geern in de Stadt trecken, nich foorts, aver bi Gelegenheit, un du hest je al mal seggt, dat woor wull nich mehr lang duurn, denn kunnst du dien Huus nich mehr regeern. Ik meen, du hest wat vun Altersheim vertellt? Süh mal, Frieda, wenn dat denn sowiet is, denn is dat je doch beter, wi kennt den tokamen Naver. Un so heff ik de jungen Lüüd dat al mal wiest. Aver natüürlich ganz unverbindlich.‹«

»Stell di dat vör«, see Tante Frieda, »unverbindlich hett he seggt. Ik heff em de Döör vör de Nees toballert. An Avend keem he röver. Dat weer en Mißverständnis, see he. Un weeßt, wat he denn seggt hett? ›Wi wüllt di doch nich ut dien Huus verdrieven. Wi könnt dat doch aftöven.‹ Do heff ik em een puult, un dat hett seten. ›Erich‹, heff ik seggt, ›du harrst dat Huus je geern hebben kunnt, is man bloots schaad, dat is al weg. Ik heff dat de Stadt toseggt. Dor schall en Familie mit fief Kinner rin; de kööntse op de Etaasch nich hebben, de Gören sünd to luud. Aver hier in't Huus köönt se grölen, soveel as se wüllt, köönt um't Huus jachtern, bit se mööd sünd. Ik heff je keen Kinner hatt, un sodennig is dat je doch sowat as'n gudet Wark. Meenst dat nich ok, Erich?‹

He keek mi an, as wull he mi opfreten. Süh, un nu sitt he dor un weet nich, wat dat wohr is oder nich, dat hier de Larm mit de Gören losgahn schall. Jung, du kickst mi je ok so bedrüppelt an! Wat schaadt di?« Un denn grien se: »Hest Bang, dat mit de Stadt is wohr? Maak di man keen Sorgen, dat Huus arvst du.«

»Och, mien Tante Frieda«, see ik, »dor geiht dat doch nich um.«

»Smiet dat man nich so wiet weg«, lach Tante Frieda, »so'n lütt Huus harr ik ok geern arvt. Kannst dat je neuß verkopen. Aver dat segg ik di, nich an Erich! De schall dat nich hebben!«

*

»So geiht dat Leven hin«, see Tante Frieda, »en sitt achter de Gardien un kickt to. Sülm beleven doo ik al lang nix mehr. Weeßt al, dat Tante Martha doot is? Dat worr ok Tiet, se weer je al heel un deel dör'n Tüdel. Dat letzt Johr hett se bi ehren Jung wahnt, weeßt wull, Drogerie-Thieß. He hett sik fein um sien Mudder kümmert, un dat weer nich jümmer licht.

Mal hett se to em seggt, as he to'n Eten hoochkeem, so kunn he sik nich an' Disch setten, in sienen witten Kittel.

›Worüm dat denn nich, Mudder?‹ hett he fraagt.

›Treck di en swatten Antog an!‹ hett se seggt.

›En swatten Antog? Mudder, wat is loos?‹

Un denn hett se seggt, un dat hett se op Hooch seggt: ›Wir erwarten Seine Majestät, den Kaiser, zum Essen.‹

›Na‹, hett Thieß seggt, ›wenn de Kaiser kümmt, denn is dat sachs ok beter, ik eet in de Kÿök, un du bliffst mit den Kaiser in de Stuuv alleen.‹

Meenst dat ik ok mal so tüdeli warr?« fröög

Tante Frieda, »denn mußt mi anstöten. Allerdings«, lach se, »wenn ik den Kaiser to Besöök krieg, dat kriggt en je nich jeden Dag, denn tööv man mit' Anstöten, bit he wedder weg is. Dat günn mi man noch.

För fief Weken gung Martha noch op de Straat. Wenn Thieß nich oppassen dee, denn flutsch se em weg. Eenmal hett se de hele Straat afklappert un hett överall vertellt, ehr Söhn worr nu leider Pleite gahn, un se mussen ut dat Huus rut, nu wüss se nich, woneem se blieven schull. De Navers hebbt ehr denn na Huus brocht un hebbt seggt, dat mit de Pleite, dat worr nich stimmen, se schull man keen Bang hebben un ruhig wedder in ehr ole Stuuv sitten gahn.

An den Dag, as dat to Enn gung, hett Thieß mi morgens anropen un hett seggt, wenn ik nochmal na Martha wull, denn worr dat nu wull Tiet. Bün ik ok hingahn un heff noch en Ogenblick bi ehr an't Bett seten. Ik heff ehr mal gau an de Fööt faat, dor kannst dat toeerst an marken. Wenn de Fööt koolt warrt, denn kümmt de Dood. Weern aver noch warm.

Nameddags weer se denn dor över hin, do harr se dat achter sik. Tscha, mien Jung, wi kaamt all mit kole Fööt vun de Welt. Ik ok.

*

Se hett sik nich lang quälen muß, mien Tante Frieda. Ganz opletzt weer se man en lütt Stück Minsch, leeg in't Krankenhuus, in so'n Oort Kinnerbett mit Gitters an beide Sieden, dat se dor nich rutfallen dee. Dat weer an Wiehnachten. Veel snacken kunn se nich mehr. De mehrst Tiet sleep se. As se mal waak worr, see se:

»Böör mi mal hooch.« Se keek in de Stuuv rum un nück mit den Kopp na den Disch, wo ehr Geschenken legen.

»Wat is dat?« fröög se.

»Dat sünd dien Geschenken«, see ik.

»Wat för Geschenken?«

»To Wiehnachten.«

»Hebbt wi vundaag Wiehnachten?«

»Dat hebbt wi«, see ik.

»Jung«, see se, »nu warr ik bilütten tüdeli, dat heff ik nich mitkregen. Is dat dor'n Buddel Wien?« fröög se. »Lang em mal her.«

»Ik weet nich, wat du dat drinken dörfst«, see ik.

»Wenn du mi nich verraden deist, markt dat keeneen.«

Dann sleep se wedder in. As de Swester inkeek, fröög ik ehr, wat mien Tante den Wien drinken döss? »Dat schaad ehr nix, un dat hölp ehr nix«, see se. 'n Stoot later waak Tante Frieda wedder op.

»Hebbt wi jümmer noch Wiehnachten?« fröög se, as se mi seeg.

»Hebbt wi«, see ik.

»Denn is de Buddel je ok noch dor«, see se. »Maak ehr op, ik heff so'n Jieper na'n Sluck.«

»Prost!« see ik, as ik ehr dat lütt Glas an' Mund heel un se man even nippen dee.

»Ik warr mi je wull nich dootsupen«, see se un vertrock de Lippen to'n lütt Lachen. »So as Hannes Meier, de ist mit de Buddel in de Hand dootbleven, bi Schütt in' Kroog; sack vun' Stool daal un weer doot. Weer man en

Glück, dat al Polizeistünn weer, he weer de letzt Gast.«

Dann sleep se wedder in un is, as mi de Swester neuß seggt hett, nich mehr opwaakt. Mien Tante Frieda.

De Tieden loopt un ännert sik. As ik'n junge Mann weer, do weer dat nich Mood, dat en sien Deern mit na Huus broch un mit ehr alleen op de Stuuv gung. Dat schick sik nich. Hüüt, wenn de Kinner mit ehren Fründ oder ehr Fründin an't Huus kaamt, kiekt se man even in de Stuv un seggt: »Wir gehen nach oben.« Denn sünd se dor mit dör. Un du sittst mit Mudder op't Sofa vör'n Fernseher, kickst na de Deeck hooch un denkst: Wetten, daß...?

As ik to'n eerstenmal mit'n Deern na Huus keem un to Mudder see: »Wi gaht op mien

Stuuv!«, do harr se meist en Slag kregen, dat weer ehr to driest un to riskant. So stunn se denn all dörtig Sekunnen in de Döör un fröög:

»Wüllt jüm Kaffee? Wüllt jüm Koken? Wüllt jüm Tee?« Amenn möök se kotten Prozess: »So«, see se, »nu kaamt man daal! Hier baven is dat to koolt!« Rumms seten wi bi ehr op't Sofa in de Wahnstuuv. Warm weer't, man wat schullen wi dor? Denn lever op de Straat, in de Küll un ut de Sicht.

Ik bün in de Masch groot worrn, dat is nich jüst die paßlichste Gegend för de Leev. Allens siet. Wenn en bi uns op'n Balkon stunn, denn kunn he bit an' Diek sehn. Wo wullt du di dor verkrupen?

Keen Holt, keen Knick, keen nix, bloots Kohlköpp. So'n Ding, wenn dat groot warrt, denn warrt dat foftig Zentimeter hooch, dor kruup du mal achter! Nee, wenn en würkli ut de Sicht wull, denn muß he in de Gröö v. Dat weer aver ok keen Vergnögen, de sünd in de Masch jümmer natt, ok in' Sommer.

»Wat Se dat al so fröh mit den Ischias hebbt, dat wunnert mi«, see de Dokter mal to mi.

»Tscha«, see ik, »dat sind ›Frühschäden‹. Wunnert mi gor nich.«

De Tiet harr ik en Fründ, dat weer Hannes, de weer de Söhn vun' Paster. Un sien Fründin, de hett Lotte heten. Mien Deern weer Friederike, in de harr ik mi op un daal verkeken. Middags, wenn wi ut de School kemen, denn hebbt Hannes un ik uns dat jümmer afmaakt:

»Geihst du vunnamiddag mit Lotte? Woneem fangt jüm an?«

»Bi'n Löwenhof«, see he.

»Denn gaht wi bi de Suurkohlfabrik loos.«

De leeg an't anner Enn vun de Stadt, wiet weg vun' Löwenhoff. So muß nich en den annern achternalopen un em jümmer in't Viseer hebben.

Mal aver, dat weer in' Winter, in de lege Tiet, wenn't freren warrt, oder de Nevel, de Natten un de Storm de Lüüd in't Huus drifft, do full mi op, wi harrn Hannes un Lotten al dree Daag nich mehr to sehn kregen.

»Wat is loos?« fröög ik Friederike. »Loopt de nich mehr?«

»Doch«, see se, »soveel as ik weet, wulln se sik vunnamiddag drepen.«

»Wenn wi ehr nich mehr to sehn kriegt, woneem sünd se denn?«

»Dat weet ik ok nich.«

Ik je hin na Hannes.

»Wat is loos, Hannes«, fröög ik, »wi seht jüm nich mehr? Hebbt jüm sik vertöörnt?«

»Nee«, drucks he, »is allens in de Reeg.«

»Aver jüm loopt nich mehr.«

»Dat is wohr«, see he.

»Is wat verkehrt?«

»Allens allerbest.«

»Woneem sünd jüm denn?«

»Wi hebbt en Lösung funnen.«

»Wat för'n Lösung?«

»Gegen dat aasige Weder.«

»Dörvt jüm rin? Na't Huus rin?«

»Dat nich. Wi sitt annerwegens.«

»Hannes«, see ik, »wo büst du? Amenn hölpt mit dat ok!«

»Nee, dat kann ik di nich seggen.«

»Hannes, ik beed di! Wi sünd nu so lang Fründ aneenanner!«

»Du muß mi aver dat Ehrenwort geven!«

»Allens, wat du wullt«, reep ik, »segg mi bloots, wo büst du mit Lotten?«

»In'n Karktoorn«, see he un grien.

»Hannes«, see ik un keek em baff an, »uns Karktoorn is 64 Meter hooch! Geev mi 32 af!«

Aver dat wull he nich. Nee, see he, wenn he mi en poor Meter afleet, denn seet över morrn de halve Klass dor binnen. Un de Kark höör je ok eentli em un sien Familie to, sien Vadder weer je de Paster. Un solang he, Hannes, den Slötel vun'n Haken nehm, bleev dat sotoseggen in de Familie.

So sünd mien Friederike un ik an den doren Namiddag in all de Küll rund um de Stadt lopen und hebbt jümmer na den Karktoorn keken. Dor seet he nu binnen mit sien Deern. Wenn se dat dor baven ok nich jüst warm harrn, so weer't doch dröög, windstill un ut de Sicht.

Un dor op de Landstraat, as wi jümmer mehr dat Bibbern kregen un allmägelk blau froren, do full mi wat in. Na'n Krieg harrn wi en Barg Flüchtlinge in uns Stadt, un dor weern ok veel Katholen mank, de harrn sik in uns Stadt ehr egen lütt Kark buut. Nee, en Toorn harr se nich, de Kark, dor weer se to lütt to, se harr wat veel beters: Se harr Dören, för de weer keen Slötel nödig. Denn dat is je dat Schööne an de kathoolschen Karken, se sünd jümmer op. Un so hebbt mien Friederike un ik den schönen, langen Winter, wenn dat buten rusig weer, in de katoolsche Kark op de Orgelbank seten. Hebbt dat dröög hatt un warm, hebbt uns wat vertellt un weern endli ut de Sicht!

Ik weer domaals so dankbor, ut luder Dankborkeit weer ik meist kathoolsch worrn.

So löppt de Tiet, nüms weet, wo lang wi noch mitloopt. Je länger wi ünnerwegens sünd, je mehr kiekt wi trüch. Wat weet wi noch vun de vergangen Dagen?

En, de vör sik hinleven deit, weet nix af vun Güstern, scheert sik nich um Hüüt un Morrn, leevt vun Dag to Dagen, is en Dagdriever. Kennt keen Geschichten un keen Geschichte. Kann nix vertellen. Dat Leven sackt achter em weg.

De anner fraagt: Weeßt dat noch? Un vertellt sien Geschicht. Wiß, sünd man lütte Geschichten, reckt nich ran an de grote Geschichte mit ehr Geschichten. Sünd liekers en Stück Welt.

Wat reep Oma Denker jümmer, wenn de Höhner vun ehr Naversch, dat ool Frollein Ibs, dör'n Tuun kropen un ehren Gaarn opkleien? »Wat'n Welt! Wat'n Welt!« schimp se un gung op dat ool Frollein daal. »Ik heff mien Arven doch nich för Se Ehr Höhner seit!«

Dat ool Frollein Ibs meen denn jümmer, in de Welt geev dat anner Dingen, de den Arger lohnen. Dit hier weer je doch to minn. Dat broch Oma Denker eerst recht in de Gangen. »Argern Se sik, över wat Se wülln!« reep se. »Ik arger mi över dit hier. Is je doch to dull! Wat'n Welt ok doch!«

Oma Denker is al lang doot, un ok dat ool Frollein Ibs leevt nich mehr. In ehr

Hüüs wahnt anner Lüüd mit anner Geschichten.

De olen Geschichten aver sünd noch jümmer dor. Man mutt ehr bloots vertellen.

Reimer Bull

Över'n Weg lopen
Geschichten ut de Lüttstadt

De langsamen Minuten
Geschichten vun hüüt un güstern

So sünd wi je wull
Dag- un Nachtgeschichten

Hett allens sien Tiet
Geschichten mank Anfang un Enn

Langs de Straten
Geschichten to'n Opbewahren

Wat för en Leven
Geschichten över Geschichten

Allens wasst na baven, bloots de Kohsteert nich …
101 Snack-Geschichten

Wiehnachten so oder so
Advent, Wiehnachten un Sylvester

Ein umfassender Überblick
über den plattdeutschen Humor
der letzten Jahrzehnte

Dat groote Smuusterbook

Herausgegeben
von Hartmut Cyriacks
und Peter Nissen

Ein Spaziergang durch die Welt
des plattdeutschen Humors
in vielfältigen Spielarten.
Zu entdecken gibt es
ein frisches Sammelsurium
von Geschichten und Gedichten
to'n Smökern un Swögen
mit veel Vergnögen.

Siegfried Lenz

Geschichten
ut
Bollerup

Plattdüütsch vun Reimer Bull

Siegfried Lenz schildert auf
eindrucksvolle Weise die
Erlebnisfähigkeit der Bewohner
Bollerups und ihre besondere Art,
auf Erlebtes zu reagieren.
Er gibt einen Einblick in das
dörfliche Geschehen, welches in
seiner Urwüchsigkeit nicht
typischer sein könnte.
Gerade aus diesem Grunde finden
die Geschichten in der plattdeutschen
Übersetzung von Reimer Bull eine
nahezu ideale Ergänzung!